If the world were a village of 100 people

세계가 만일 100명의 마을이라면

If the world were a village of 100 people

세계가 만일 100명의 마을이라면

사람 편

이케다 가요코 엮음 | 더글러스 루미즈 영역

한성례 옮김

국일미디어

세계가 만일
100명의 마을이라면 - 사람편

초판 1쇄 발행 · 2002년 3월 10일
개정판 1쇄 발행 · 2018년 6월 12일
개정판 3쇄 발행 · 2022년 6월 23일

지은이 · 이케다 가요코
영역 · 더글러스 루미즈
옮긴이 · 한성례
펴낸이 · 이종문(李從聞)
펴낸곳 · 국일미디어

등록 · 제406-2005-000025호
주소 · 경기도 파주시 광인사길 121 파주출판문화정보산업단지(문발동)
영업부 · Tel 031)955-6050 | Fax 031)955-6051
편집부 · Tel 031)955-6070 | Fax 031)955-6071

평생전화번호 · 0502-237-9101~3

홈페이지 · www.ekugil.com
블로그 · blog.naver.com/kugilmedia
페이스북 · www.facebook.com/kugillife
E-mail · kugil@ekugil.com

• 값은 표지 뒷면에 표기되어 있습니다.
• 잘못된 책은 바꾸어 드립니다.

ISBN 978-89-7425-644-9(03830)

2001년 2월 세상을 떠난 도넬라 메도스 박사님께 이 책을 바칩니다.

그녀가 공저한 『성장의 한계』와 『한계를 넘어서』는 환경문제에 경종을 울리는 영원한 고전입니다. 세계의 한계를 극복하기 위한 인재 탄생을 꿈꾸며, 그녀는 1985년부터 신문에 칼럼을 쓰기 시작했습니다. 후에 거기에 연재했던 글들을 모아서 『세계 시민』(Global Citizen)이라는 책으로 묶었는데, 이 책에 수록되지 않았던 에세이 한 편이 우연히 인터넷의 바다 속에 던져졌습니다.

이 현대판 '유리병 속의 편지'가 e메일이라는 국경 없는 통신수단을 타고, 전 세계를 떠돌다 드디어 하나의 메시지로 결실을 맺게 되었습니다. 이 메일을 받은 이는 다시 누군가에게 메일을 보냈습니다. 자신의 느낌도 덧붙여서. 이렇게 이 메일에 나름대로 마음을 실어보냈던 수많은 이들이야말로, 새로운 '세계 시민'을 자신 속에서 예감했던 그녀의 자식들이었던 것입니다. 그 메시지를 낳은 어머니가 누구인지도 모른 채…….

이 한 권의 책으로 전세계 사람들의 마음이 공유되기를

한국의 독자 여러분, 이렇게 인사드리게 되어 너무도 기쁘며 크나큰 영광으로 생각합니다.

책을 만드는 내내 "만일 이 책이 외국에 소개된다면 '한국'이 좋겠다"고 말하곤 했는데, 그 꿈이 이루어졌기 때문입니다. 책이 나오고 "이 그림책에는 한글이 정말 잘 어울리겠다"는 말들을 했습니다.
그러던 것이 이렇게 실현되어 너무나도 가슴 뿌듯합니다.

저는 이 책의 저자는 아닙니다.
메일에 담긴 메시지를 골라내 문장을 만들고 책으로 구성되도록 방향만 잡았을 뿐입니다. 이 책의 저자는 따로 없습니다.
아니, 수많은 저자가 있다고 하는 게 옳을지도 모릅니다. 받은 메일에다 자신의 생각을 덧붙인 모든 사람들이 이 책의 저자라 할 수 있습니다. 그리고 아무 말도 덧붙이지 않고 메일만 전송해 주었던 이들 역시 저자입니다. 전송한다는 그 자체가 따뜻한 마음을 담고 있으니.

물방울이 방울방울 떨어져 어느새 바위 모양을 바꾸어 놓듯, 수많은 사람들의 마음이 모여 메일 한 통에서 하나의 이야기를 키웠다고 생각합니다. 마치 옛날 이야기처럼.

이 이야기가 지금이라는 시대를 만났습니다. 즉 이 마음을 갈라놓는 비열한 힘의 무자비한 행위가 TV를 통해 어이없게도 우리 앞에 모습을 드러냈던 9 · 11 이후의 '지금'입니다.

이 메시지는 우선 우리가 풍요로움 속에 있다는 사실을 가르쳐줍니다. 그렇다고 그것에 죄악감을 가질 필요는 없습니다. 자신이 행복하다는 것을 확인하는 일은 소중합니다. 하지만 이 메시지는 거기서 멈추기를 바라고 있을까요?

그렇지 않음을 분명히 전달해주는 부분이 '나, 그리고 우리가'로 시작되는 마지막 페이지입니다. 이 문장은 실은 영어로 번역해준 더글러스 루미즈 씨가 써준 글로서, 원래의 메일이나 제 원고에는 없었습니다. 하지만 저는 이 문장을 보았을 때, 이 문장이 있음으로 해서 비로소 메시지가 완결된 느낌이었습니다. 책이 완성되는 마지막 순간에 떨어진 물 한 방울이 모든 저자들의 희망이 어디에 있는지를 확실히 보여준 것입니다.

원하건대, 이 작은 책 한 권을 통해 전세계 사람들의 마음을 먼저 한국 여러분들과 일본의 제가 공유할 수 있기를.

이케다 가요코

중학교에 다니는 우리 큰딸 아이의 담임선생님은
반 아이들에게 하루도 거르지 않고 메일로
학급통신을 보내주십니다.
아주 멋진 선생님이시죠.
그 중에 너무나도
감동했던 글이 있어
여러분께도 보내려 합니다.
좀 길지만 양해해 주세요.

My daughter's junior high school teacher is
a wonderful woman who sends out an e-mail
every day to her students,
in the form of a class paper.
Among those messages there was one
that so moved me that I want to send it to you.
Sorry if it's a bit long.

오늘 아침, 눈을 떴을 때
당신은 오늘 하루가 설레었나요?
오늘 밤, 눈을 감으며
당신은 괜찮은 하루였다고 느낄 것 같나요?
지금 당신이 있는 곳이 그 어디보다도
소중하다고 생각되나요?

When you woke this morning,
did you look forward joyously to the day?
When you go to bed tonight,
do you think you will be filled
with satisfaction?
Do you think the place you are
is precious?

선뜻, "네, 물론이죠"라고
대답하지 못하는 당신에게
이 메일을 선사합니다.
이 글을 읽고 나면
주변이 조금 달라져 보일지도 모릅니다.

It is to you who cannot say right away,
"Yes, of course"
that I send this message.
If you read this,
the things around you might start to
look a little different.

In the world today, 6 billion 300 million people live.
If this world were shrunk to the size of a village,
what would it look like?
If 100 People lived in this village.

지금 세계에는 63억의
사람이 살고 있습니다.
그런데 만일 그것을
100명이 사는 마을로 축소시키면
어떻게 될까요?
100명 중

52명은 여자이고
48명이 남자입니다

52 would be women,
48 would be men.

30명은 아이들이고
70명이 어른들입니다
어른들 가운데 7명은
노인입니다

30 would be children,
70 would be adults,
among those,
7 would be aged.

90 would be h
10 would be g

90명은 이성애자이고
10명이 동성애자입니다

70 would be n
30 would be w

eterosexual,
ay or lesbian.

70명은 유색인종이고
30명이 백인입니다

on-white,
hite.

61명은 아시아 사람이고
13명이 아프리카 사람
13명은 남북 아메리카 사람
12명이 유럽 사람
나머지 1명은 남태평양 지역 사람입니다

61 would be Asians,
13 Africans,
13 from North and South America,
12 Europeans,
and the remaining one
from the South Pacific.

33명이 기독교
19명이 이슬람교
13명이 힌두교
6명이 불교를 믿고 있습니다
5명은 나무나 바위 같은 모든 자연에
영혼이 깃들여 있다고 믿고 있습니다
24명은 또 다른 종교들을 믿고 있거나
아니면 아무것도 믿지 않고 있습니다

33 would be Christians,
19 believers in Islam,
13 would be Hindus, and
6 would follow Buddhist teaching.
5 would believe that
there are spirits in the trees and rocks
and in all of nature.
24 would believe in other religions,
or would believe in no religion.

17명은 중국어로 말하고

9명은 영어를

8명은 힌디어와 우르두어를

6명은 스페인어를

6명은 러시아어를

4명은 아랍어로 말합니다

이들을 모두 합해도 겨우 마을 사람들의

절반밖에 안 됩니다

나머지 반은

벵골어, 포르투갈어

인도네시아어, 일본어

독일어, 프랑스어, 한국어 등

다양한 언어로 말을 합니다

17 would speak Chinese,
9 English,
8 Hindi and Urdu,
6 Spanish,
6 Russian, and
4 would speak Arabic.
That would account for half the village.
The other half would speak Bengal, Portuguese,
Indonesian, Japanese, German, French, Korean
or some other languages.

별의별 사람들이 다 모여 사는
이 마을에서는
당신과 다른 사람들을
이해하는 일
상대를 있는 그대로
받아들여 주는 일
그리고 무엇보다
이런 일들을 안다는 것이
가장 소중합니다

In such a village, with so many sorts of folks,
it would be very important to
learn to understand people different from yourself,
and to accept others as they are.

But consider this.
Of the 100 people
in this village,

또 이렇게도
생각해 보세요
마을에 사는 사람들 100명 중

20 are undernourished,
1 is dying of starvation, while
15 are overweight.

20명은 영양실조이고
1명은 굶어죽기 직전인데
15명은 비만입니다

Of the wealth in this village,
6 people own 59%,
-all of them from the United States-
74 people own 39%, and
20 people share the remaining 2%.

이 마을의 모든 부 가운데
6명이 59%를 가졌고
그들은 모두 미국 사람입니다
또 74명이 39%를 차지하고
겨우 2%만 20명이
나눠가졌습니다

Of the energy of this
20 people consume
80 people share the

이 마을의 모든 에너지 중
20명이 80%를 사용하고 있고
80명이 20%를 나누어 쓰고 있습니다

75 people have some supp
shelter them from the winc
25 do not. 17 have no clec

village,
80%, and
remaining 20%.

75명은 먹을 양식을 비축해 놓았고
비와 이슬을 피할 집이 있지만
나머지 25명은
그렇지 못합니다
17명은 깨끗하고 안전한 물을
마실 수조차 없습니다

y of food and a place to
and the rain, but
n, safe water to drink.

은행에 예금이 있고
지갑에 돈이 들어 있고
집안 어딘가에 잔돈이 굴러다니는 사람은
마을에서 가장 부유한 8명 안에 드는
한 사람입니다

If you have money in the bank,
money in your wallet and
spare change somewhere
around the house,
you are among the richest 8.

If you have a car,
you are among
the richest 7.

자가용을
가진 사람은 100명 중
7명 안에 드는
부자입니다

마을 사람들 중
1명은 대학교육을 받았고
2명은 컴퓨터를 가지고 있습니다
그러나 14명은 글도 읽지 못합니다

Among the villagers
1 has a college education.
2 have computers.
14 cannot read.

만일 당신이
어떤 괴롭힘이나 체포와 고문, 죽음을
두려워하지 않고
자신의 신념과 양심에 따라
움직이고 말할 수 있다면
그렇지 못한 48명보다 축복받았습니다

If you can speak and act
according to your faith and your conscience
without harassment, imprisonment,
torture or death,
then you are more fortunate than
48, who can not.

만일 당신이

공습이나 폭격, 지뢰로 인한 살육과

무장단체의 강간이나 납치를

두려워하지 않는다면

그렇지 않은 20명보다

축복받았습니다

If you do not live in fear of death
by bombardment, armed attack,
landmines,
or of rape or kidnapping by
armed groups,
then you are more fortunate than
20, who do.

In one year,
1 Person in the village will die,
but, in the same year,
2 babies will be born,
so that at the year's end,
the number of villagers
will be 101.

1년 동안 마을에서는
1명이 죽습니다
그러나 2명의 아기가
새로이 태어나므로
마을 사람은 내년에
101명으로 늘어납니다

이 메일을 읽는다면

그 순간 당신의 행복은

두 배 세 배로 커질 것입니다

왜냐하면 당신에게는

당신을 생각해서

이 메일을 보내준

누군가가 있을 뿐 아니라

글도 읽을 수 있기 때문입니다

If you can read this e-mail,
that means you are thrice-blessed.
First, because someone thought of you,
and sent you this message.
Second, because you are able to read.

Third, and most important,
because you are alive.

하지만
그보다 더 큰 행복은
지금 당신이
살아 있다는 것입니다

옛날 사람들은 말했습니다
세상에 풀어놓은 사랑은
돌고 돌아 다시 돌아온다고

그러니까 당신은
맛을 깊이 음미하며 노래를 부르세요
신나게 맘껏 춤을 추세요
하루하루를 정성스레 살아가세요
그리고 사랑할 때는
마음껏 사랑하세요
설령 당신이 상처를 받았다 해도
그런 적이 없는 것처럼

So sing
from the bottom of your heart,
dance
with your body waving free,
and live,
putting your soul into it.
And when you love,
love as though you have never been wounded,
even if you have.

And love the fact that
you, and
others, live
here, in this
village.

먼저 당신이
사랑하세요
이 마을에 살고 있는
당신과 다른 모든 이들을

진정으로 나, 그리고 우리가
이 마을을 사랑해야 함을 알고 있다면
정말로 아직은 늦지 않았습니다
우리를 갈라놓는 비열한 힘으로부터
이 마을을 구할 수 있을 것입니다
꼭

Perhaps,
if enough of us learn to love our village
it may yet be possible to save it from the
violence that is
tearing it
apart.

작품 해설 | 이케다 가요코

현대의 동화인 인터넷 민화가 말하는 것은 '희망'이다.

글로벌 시대의 민화, 인터넷 이야기 '네트로어'

혹시 이런 e메일을 받아보신 적이 있나요? '만약 세계가 인구 100명의 마을로 축소된다면……'으로 시작되는 '세계 마을'(Global Village)이라는 e메일을.
2001년 6월, 칸 광고축제*에서 금상을 받았던 아래 카피도 이 메일의 내용을 인용할 정도로 지금 세계적인 화두입니다.

만일 세계의 인구가 100명뿐이라면…… 20명이 전세계 부의 90%를 장악합니다. 그들이 먹을 것보다 화장품을 사는 데 40배의 돈을 들이는 동안, 15명은 굶주림에 쓰러져가고 있어요. 교육보다 무기를 만드는 데 10배나 더 많은 돈이 들어가고 있으며 16명은 글을 읽을 수 없습니다. 20명은 집에 1대 이상의 TV를 가지고 있지만 17명은 집조차 없습니다. 이 20명은 자신들이 가진 부의 단 0.2%로 빈곤을 종식시킬 수 있는 첫 세대랍니다. 지금 집에서 TV를 보고 있는 당신이 그 한 사람일지도 몰라요.

-네덜란드에서 방영된 어느 TV 광고 중에서

지구촌 구석구석 한 사람 한 사람을 이어주는 인터넷 통신망이 모세혈관처럼 깔려 있는 지금, 현실을 빗댄 이 책에 실린 글들은 현대의 풍문, 도시의 전설 마냥 떠돌고 있습니다. 이런 것을 은밀하게는 인터넷 이야기(민화), 네트로어라고 하지요.
우리 한국에서도 2001년 1월 무렵부터 지금까지 '만약 세계가……'라는 제목으로 이 메일이 전송에 전송을 거듭하고 있습

* 국제 영화제로 유명한 프랑스 칸에서 전세계 광고인들이 모이는 또 하나의 축제.

니다. 현대판 '유리병 속의 편지'*가 되어 나에게서 너에게로, 너에게서 또 다른 너에게로 한없이 한없이…….
그 내용을 다듬어 아래에 실어 두겠습니다.

만약 현재의 인구 통계비율을 그대로 반영해
지구를 100명밖에 살지 않는 마을로 축소한다면 어떻게 될까요?

57명은 아시아인
21명은 유럽인
14명은 서반구(미주)인
8명은 아프리카인

52명은 여자
48명은 남자

70명은 유색인종
30명은 백인

70명은 비기독교인
30명은 기독교인

89명은 이성애자
11명은 동성애자

* 유태계 독일 시인 파울 첼란(Paul Celan, 1920~70)이 자신의 문학을 가리켜 한 말. 누가, 언제 과연 받아볼지 모르지만, 언젠가는 누군가가 반드시 받아볼 것이라는 '희망' 하나로, 자신의 문학인 '유리병 속의 편지'를 세상이란 망망대해에 띄워보낸다는 뜻.

6명은 전세계 부의 59%를 차지하고 있고,
그 6명은 모두 미국인

80명은 적정 수준 이하의 주거 환경에 살고 있고
70명은 문맹
50명은 영양 부족
1명은 빈사 상태
1명은 지금 태어나려 하고 있고

1명(겨우 단 한 명)은 대학 교육을 받았고
1명은 컴퓨터를 소유하고 있습니다.

이렇게 생각하면
좋은 집에 살고, 먹을 게 충분하고,
글을 읽을 수 있는 사람이라면
아주 선택받은 사람입니다.

거기다 컴퓨터를 가지고 있다면
굉장한 엘리트입니다.

만약 전쟁의 위험, 감옥에서의 고독, 고문으로 인한 고뇌, 기아의 괴로움을 겪어보지 않은 사람이라면, 세계 인구의 상류 500만 명 중 한 사람인 셈입니다.

만약 고통, 체포, 고문, 나아가서 죽음에 대한 공포 없이 매주 교회를 다닐 수 있는 사람이라면, 이 지구상의 30억 인구가 누리지 못하는 것을 누리고 사는 행운아입니다.

냉장고에 먹을 것이 있고, 몸엔 옷을 걸쳤고, 머리 위로는 지붕이 있어 잠잘 곳이 있는 사람이라면, 이 세상 75%의 사람보다 풍요로운 생활을 하고 있는 것입니다.

만약 부모님 두 분이 모두 살아계시고, 이혼을 하지 않은 상태라면 미국에서마저도 아주 드문 경우일 것입니다.

만약 고개를 들고 얼굴에 웃음을 띄고 기뻐할 수 있는 사람이라면 축복받았습니다.

만약 당신이 이 글을 읽을 수 있는 사람이라면, 당신을 생각하여 누군가 이 글을 보내주었다는 것을 생각할 때, 축복은 두 배나 되는 셈입니다.

—작자 미상

* 본문 속의 통계는 스탠퍼드 대학의 필립 M. 하터(Philip M. Harter) 박사가 정리했다고 나와 있으나 잘못 전해진 것입니다.

e메일의 탄생과 그 여로

그럼, 이 흥미로운 메일 신드롬은 어디서 시작되었을까요?
2001년 4월, 그러니까 이 메일이 한창 세상을 돌던 즈음—물론 우리 한국에서도요—영국의 데이비드 타우브(David Taub) 씨가 그 수수께끼를 풀어주었습니다. 그는 '세계 마을의 원작자

와 뒷이야기'라는 에세이를 발표해, 이 메시지의 원작자로 미국의 환경학자인 도넬라 메도스(Donella Meadows : 1941~2001)* 박사를 지목한 것이죠. 그녀의 신문 칼럼을 덧붙여 소개하면서요.

여기서 잠깐, 이 신문 칼럼(1990. 5. 31)에 실린 원문과 네트로어의 차이를 살펴보겠습니다.

● 원문

하나. 제목은 '세계 마을의 현황 보고'이며, 첫행이 '만일 세계가 1,000명의 마을이라면'으로 시작됩니다. 다시 말해 마을 사람들이 100명이 아니라 1,000명이라는 얘기지요. 이를테면 '584명은 아시아인/ 123명은 아프리카인/ 95명은 동서 유럽인/ 55명은 소련(옛 소련이 해체되기 전)' 등과 같이 수치가 훨씬 상세합니다.

둘. 원문에서는 전반적으로 환경문제, 세계문제를 많이 언급하고 있는데, 네트로어에는 없는 문구들입니다.

'이 마을에서는 비료의 83%를 40%의 농지에 뿌리고 있습니다. 이 토지는 아주 잘 사는 270명이 다 차지하고 있습니다. 이 과잉 비료는 호수나 우물을 오염시키는 원인이 되고 있습니다. 17%의 비료를 뿌리는 나머지 60%의 토지에서는 전체 28%의 곡물이 재배되고, 73%의 사람들이 이것을 먹고 있습니다.'

---

* 1941년 미국에서 출생. 2001년 2월 서거. 시스템 분석가이자 저널리스트. 1968년 하버드 대학에서 생물물리학 박사 취득. 환경문제의 영원한 고전인 『성장의 한계』 공저.

'이 마을은 자기 자신을 산산조각내고도 남을 핵무기를 가지고 있습니다. 이것을 단 100명이 관리하고 있습니다. 나머지 900명의 사람들은 그들과 잘 지낼 수 있을까, 그들이 자칫 정신을 딴데 팔거나 기계를 잘못 조작해 핵무기를 발사해 버리지는 않을까, 가령 그들이 핵무기를 처분하기로 했다고 해도 위험한 방사능 폐기물을 마을 어디에다 처분할까 등을 매우 걱정들 하고 있습니다.'

셋. 연령 구성과 출산율, 사망률 항목은 네트로어에도 있지만 사인 등을 자세히 다루고 있습니다.

'마을 사람의 3분의 1(330명)은 어린이입니다. 그 중 절반은 홍역이나 소아마비같이 충분히 예방할 수 있는 전염병에 걸려 있습니다. 60명은 65세 이상의 노인이고, 기혼여성 가운데 피임약이나 기구를 사용하는 여성은 절반도 안 됩니다. 마을에서는 매년 28명의 아이들이 태어나고, 매년 10명이 죽습니다. 그 중 3명은 굶어서 죽고, 1명은 암으로 죽습니다. 2명은 태어난 지 1년도 되기 전에 죽습니다. 1명은 에이즈에 걸려 있습니다.'

● 네트로어

하나. '이 100명 가운데/ 52명은 여자이고/ 48명은 남자입니다'와 같이 숫자가 100으로 줄어들었습니다. 일상생활에서 1,000보다는 100이라는 숫자를 더 자주 접하다 보니, 쉽게 와닿기 때문이 아닌가 합니다.

둘. 전체적으로 부의 편중에 관한 문구들이 많고, 시대의 흐름을 반영한 듯 새롭게 추가된 항목들이 많습니다. 예를 들면 이성애 · 동성애, 대학진학률과 컴퓨터 등입니다.

'6명은 전세계 부의 59%를 차지하고 있고
그 6명은 모두 미국인'

'89명은 이성애자
11명은 동성애자'

'1명(겨우 단 한 명)은 대학교육을 받았고
1명은 컴퓨터를 소유하고 있습니다.'

셋. '이렇게 생각해보면……' 그 다음으로 이어지는 문구에는 원문에는 없던 새로운 말들이 덧붙여졌습니다. '축복받았습니다' '행운아'와 같이 읽는 이로 하여금 그 마을 속에서 자기 위치를 재확인하고 한껏 행복에 취할 수 있게 해주는 내용들이죠. 이를 거꾸로 들여다보면, 우리가 사는 현실을 사람들이 좀더 심각하게 받아들여 주었으면 하는 바람이 고여 있을 것입니다.

이 '세계 마을' 버전의 e메일은 처음 북미 지역의 네티즌들이 주고받기 시작했나 봅니다. '우정주간' (Friendship Week) 기간에 말예요. 우정주간은 날짜를 정확히는 알 수 없지만 온라인 캠페인 기간으로, 친구가 되고 싶은 누군가에게 우정에 관한 미담이나 교훈을 담은 메시지를 전한다고 해요. 발렌타인 데이에 초콜릿을 주면서 사랑 고백을 하듯이……. 그러다가 인터넷이라는 글로벌시대의 통신수단을 타고 이 메일이 전세계로 퍼진 것이

겠죠? 받고 보내고, 다시 받는 과정을 수없이 반복하면서.
어떤 이는 자신의 감상을 한껏 덧붙이기도 하고, 어떤 이는 자신의 목마름을 메시지 속에 살짝 집어넣기도 했겠지요. 누군가에게 메일을 보낸다는 행위는 그 자체만으로도 한없이 감상에 젖게 하잖아요. 더군다나 손으로 쓴 편지와 달리 메일은 고치기도 쉽고 그 흔적도 전혀 남지 않으니까요. 그러는 동안 이 메시지는 어느새 '세계가 만일 100명의 마을이라면'으로 모습이 바뀌었습니다.

『세계가 만일 100명의 마을이라면』 책의 탄생

그리고 이 메시지는 특히 일본 사회에서 폭발적인 사랑을 받은 듯합니다. 모국인 미국에서보다도 훨씬 더. 바로 '학급통신'이라는 아래 문장의 이야기가 덧붙여진 탓이지요.

'중학교에 다니는 우리 큰딸 아이의 담임선생님은
반 아이들에게 하루도 거르지 않고 메일로
학급통신을 보내주십니다.
아주 멋진 선생님이시죠.
그 중에 너무나도
감동했던 글이 있어
여러분께도 보내려 합니다.
좀 길지만 양해해 주세요.'

우리 한국과 마찬가지로 '교육'에 거는 기대가 큰 일본 사회에서 '과연 이런 멋진 선생님이 있을까? 모두들 바람에 실려다니는 허구일 것'이라고들 생각했습니다. 하지만 그 '멋진 선생님'은 실존 인물임이 밝혀졌습니다. 일본 언론들은 그 전말을 이렇게 전하고 있습니다.

'멋진 선생님은 이쿠이나 이사무(生稲勇) 선생님(치바현 이치하라시 고이중학교)으로 밝혀졌다. 메일명이 '테지사무'이고 날짜는 2001년 9월 25일자다. 같은 달 29일, 이 메일에 '우리 큰딸아이의 중학교 담임선생님은'이라는 문장을 앞에 붙여 어떤 메일링 리스트에 올린 사람은 토키다 타카코(時田登子) 씨다.'

그럼, 이 책은 어떻게 만들어진 것일까요?
2001년 9월 무렵 누군가가 '학급통신' 버전의 e메일을 독문학 번역가이자 전승문예 연구가인 이케다 가요코(池田香代子) 씨에게 보내주었습니다. 이것을 이케다 씨가 인터넷 시어로 다듬고, 예쁜 그림을 붙여 책으로 만든 것입니다. 페이퍼 북과 디지털 북의 묘미를 최대한 함께 살린 것이지요. 본문 속의 통계는 취재원들의 협조를 받아 현재와 더욱 가까운 수치로 수정했습니다.*
이케다 씨는 "네트로어가 문학으로 성장하기 위해서는 모든 이들의 공감을 얻어야 한다"고 말합니다. 그리고 그 공감 요소를

---

* 단, 각종 통계, 연감이나 전문기관에서 발표한 자료와 대조해, 100명으로 환산하는 과정에서 독자들이 알기 쉽게 숫자에 유연성을 두었다. 예를 들어, 현재 세계의 인구 증가율은 1.4%이지만, 이 책에서는 1명 늘어난다로 했다. 영양실조인 사람도 20명으로 되어 있는데, 이것은 세계식량계획의 '기아지도'(Hunger Map)를 참고로 환산한 수치에다 조사가 불가능한 나라들도 감안해 사람수를 늘린 것이다. 또한 '동성애자' '유색인종' 등의 전문기관의 자료 집계가 어려운 항목들도 이 메시지에 담긴 의미를 중시하여 원문 그대로 살렸다. 그러므로 네트로어 버전과는 좀 다르다.

다음과 같이 지적합니다.

“‘동화는 희망을 말한다’고 독일의 사상가 에른스트 블로흐는 말했습니다. 마찬가지로 현대의 동화인 네트로어가 말하고자 하는 것 또한 희망입니다. 바로 이것 때문에 ‘세계 마을’이 날개 달고 전세계를 떠돈 것이겠지요. 예측불허인 우리의 삶, 사람들은 이 네트로어 안에서 ‘행복한 나’를 깨닫고, 내 친구도 ‘그런 행복한 자신’을 찾길 바라며 누군가에게 이 메일을 보내고 또 보냈을 것입니다. ‘인간 공존’을 염원하면서 말예요.
‘너와 나를 비교해서 상대적으로 행복한 내’가 아닌 ‘본문 속의 통계 수치에 준해 절대적인 행복을 누리고 있는 나’를 깨닫고 내 주변 사람들을 위해, 지구 저편에서 고통받는 이들을 위해 무엇을 할까를. 또 아무리 힘든 상황이라도 살아 있다는 자체보다 더 소중한 것은 없다는 사실도.
이는 곧 불의(Injustice)를 벗어던지고 정의(Justice)로 한 걸음 다가가려는 몸짓이며, 이제부터라도 이 세상의 나를 포함한 모두를 사랑했으면 하는 희망이고 예언일 것입니다. 아니면 경고일지도!”

이 글은 이케다 가요코 씨의 작품 해설과 인터뷰, 한국내 자료 조사를 토대로 편집부에서 재구성한 것입니다.

부록 | 영어 버전 메일 샘플

북미 지역 네티즌들 사이에서 떠돌았던
'세계 마을' (Global Village) e메일입니다.

To all my friends and loved ones-
Love from me
Useful Perspective

If we could shrink the earth's population to a village of precisely 100 people, with all the existing human ratios remaining the same, it would look something like the following:

There would be:
57 Asians
21 Europeans
14 from the Western Hemisphere, both north and south
8 Africans

52 would be female
48 would be male

70 would be non-white
30 would be white

70 would be non-Christian
30 would be Christian

89 would be heterosexual
11 would be homosexual

6 people would possess 59% of the entire world's wealth and all 6 would be from the United States.

80 would live in substandard housing

70 would be unable to read
50 would suffer from malnutrition
1 would be near death; 1 would be near birth

1 (yes, only 1) would have a college education
1 would own a computer

When one considers our world from such a compressed perspective, the need for acceptance, understanding and education becomes glaringly apparent.

The following is also something to ponder……

If you woke up this morning with more health than illness……you are more blessed than the million who will not survive this week.

If you have never experienced the danger of battle, the loneliness of imprisonment, the agony of torture, or the pangs of starvation …… you are ahead of 500 million people in the world.

If you can attend a church meeting without fear of harassment, arrest, torture, or death……you are more blessed than three billion people in the world.

If you have food in the refrigerator, clothes on your back, a roof overhead and a place to sleep …… you are richer than 75% of this world.

If you have money in the bank, in your wallet, and spare

change in a dish someplace …… you are among the top 8% of the world's wealthy.

If your parents are still alive and still married …… you are very rare, even in the United States and Canada.

If you can read this message, you just received a double blessing in that someone was thinking of you, and furthermore, you are more blessed than over two billion people in the world that cannot read at all.

Someone once said: What goes around comes around.

Sooooo……
Work like you don't need the money.
Love like you've never been hurt.
Dance like nobody's watching.
Sing like nobody's listening.
Live like it's Heaven on Earth.